A QUEDA DA CASA DE USHER

Edgar Allan Poe

A QUEDA DA CASA DE USHER

Tradução
Marcelo Barbão

Principis

Esta é uma publicação Principis, selo exclusivo da Ciranda Cultural
© 2023 Ciranda Cultural Editora e Distribuidora Ltda.

Traduzido do original em inglês
The Fall of the House of Usher

Texto
Edgar Allan Poe

Editora
Michele de Souza Barbosa

Tradução
Marcelo Barbão

Revisão
Fernanda R. Braga Simon

Produção editorial
Ciranda Cultural

Diagramação
Linea Editora

Design de capa
Ana Dobón

Ilustrações
César Muñoz Moreno

Dados Internacionais de Catalogação na Publicação (CIP) de acordo com ISBD

P743q	Poe, Edgard Allan.
	A queda da casa de Usher / Edgard Allan Poe ; ilustrado por Cézar Muñoz Moreno ; traduzido por Marcelo Barbão. - Jandira, SP : Principis, 2023.
	64 p. ; 15,50cm x 22,60cm. - (Clássicos da literatura mundial)
	Título original: The Fall of the House of Usher.
	ISBN: 978-65-5097-103-8
	1. Literatura americana. 2. Terror. 3. Mistério. 4. Fantasia. 5. Medo. 6. Góticos. 7. Sensações. I. Moreno, Cézar Muñoz. II. Pessoa, Fernando. III. Título. IV. Série.
2023-1563	CDD 810
	CDU 821.111(73)

Elaborado por Lucio Feitosa - CRB-8/8803

Índice para catálogo sistemático:
1. Literatura americana 823
2. Literatura americana 821.111(73)

1ª edição em 2023
www.cirandacultural.com.br
Todos os direitos reservados.
Nenhuma parte desta publicação pode ser reproduzida, arquivada em sistema de busca ou transmitida por qualquer meio, seja ele eletrônico, fotocópia, gravação ou outros, sem prévia autorização do detentor dos direitos, e não pode circular encadernada ou encapada de maneira distinta daquela em que foi publicada, ou sem que as mesmas condições sejam impostas aos compradores subsequentes.

Esta obra reproduz costumes e comportamentos da época em que foi escrita.

Son coeur est un luth suspendu;
Sitôt qu'on le touche il rèsonne[1].

De Béranger

---

[1] Seu coração é um alaúde suspenso; Tão logo o tocamos ele ressoa. (N.T.)

Durante todo o dia abafado, escuro e silencioso do outono, quando as nuvens pairavam opressivamente baixas no céu, cruzei sozinho, a cavalo, por uma região do campo singularmente lúgubre e finalmente me encontrei, à medida que caíam as sombras da noite, com a visão da melancólica Casa de Usher. Não sei como, mas, com o primeiro vislumbre da construção, uma sensação de tristeza insuportável invadiu meu espírito. Chamo de insuportável por que o sentimento não foi aliviado por nenhuma dessas sensações meio agradáveis, porque são poéticas, com as quais a mente normalmente recebe até mesmo as mais severas imagens naturais do que é desolado ou terrível. Olhava para a cena à minha frente, a casa e as características simples da paisagem do domínio, as paredes nuas, as janelas que pareciam olhos vazios, o pouco capim e alguns poucos troncos de árvores decompostas, com uma profunda depressão da alma, que não consigo comparar com nenhuma sensação terrena mais apropriadamente do que com os delírios do usuário de ópio: o amargo lapso na vida cotidiana, a horrível queda do véu. Havia uma frieza, um abatimento, um mal-estar do coração, uma irremediável tristeza mental que nenhum estímulo da imaginação poderia desviar e transformar em algo sublime. O que era, parei para pensar, o que me incomodava tanto na contemplação da Casa de Usher? Era um mistério insolúvel. Nem eu poderia lidar com as fantasias sombrias que se apinhavam em mim enquanto eu pensava naquilo. Fui forçado a recorrer à conclusão insatisfatória de que, embora, sem dúvida, *haja* combinações de objetos naturais muito simples com o poder de nos afetar, a análise desse poder está entre considerações além do nosso alcance. Era possível, refleti, que um mero arranjo diferente das particularidades da cena, dos detalhes da imagem, fosse suficiente para anular ou, talvez, aniquilar sua capacidade de causar essa impressão triste e, agindo com base nessa ideia, puxei meu cavalo para a beirada íngreme de um lago negro e sinistro que reluzia placidamente nas proximidades

da residência, e olhei, com um tremor ainda mais arrepiante do que antes, e contemplei as imagens remodeladas e invertidas da vegetação cinzenta e dos troncos horripilantes das árvores e das janelas vazias que pareciam olhos.

Mesmo assim, nesta mansão melancólica, eu estava planejando ficar hospedado por algumas semanas. Seu proprietário, Roderick Usher, tinha sido um dos meus melhores companheiros na infância, mas muitos anos tinham se passado desde o nosso último encontro. Uma carta, no entanto, havia chegado há pouco tempo para mim em uma parte distante do país (uma carta dele) que, em seu tom urgente, não admitia nenhuma outra resposta a não ser minha presença. A carta dava evidências de uma agitação nervosa. O remetente falava de uma aguda doença física, de um distúrbio mental que o oprimia e de um sincero desejo de me ver, como seu melhor e, na verdade, seu único amigo pessoal, com o objetivo de ter, pela alegria da minha presença, algum alívio de seu mal. Foi a maneira pela qual descreveu isso, e muito mais, um pedido feito aparentemente com todo o coração que não me deu espaço para hesitação. Portanto, obedeci imediatamente ao que ainda considerava uma intimação muito singular.

A QUEDA DA CASA DE USHER

Embora, quando éramos meninos, tivéssemos desfrutado de alguma intimidade, ainda assim eu realmente conhecia pouco meu amigo. Sempre foi muito reservado. Eu estava ciente, entretanto, de que sua família muito antiga era conhecida, desde tempos imemoriais, por uma sensibilidade peculiar de temperamento, exibindo-se, por muito tempo, em muitas obras de arte elevadas, e manifestadas ultimamente em repetidas ações de caridade generosas, mas discretas, bem como de uma devoção apaixonada pelas complexidades, talvez até mais do que pelas belezas ortodoxas e facilmente reconhecíveis, da ciência musical. Também conhecia o fato notável de que a estirpe Usher, toda honrada pelo tempo como era, não havia criado, em nenhum período, qualquer ramo duradouro; em outras palavras, que toda a família se limitava à linha de descendência direta e sempre, com uma variação muito insignificante e temporária, tinha sido assim. Essa deficiência – pensei, enquanto revisava mentalmente a perfeita combinação das características da propriedade com o caráter atribuído a seus habitantes, reflexionando sobre a possível influência que a primeira, ao longo de tantos séculos, poderia ter exercido sobre os segundos – era a ausência, talvez, de um ramo colateral, e a

consequente transmissão sem desvios, de pai para filho, do patrimônio junto com o nome foi que, com o tempo, identificou tanto os dois a ponto de fundirem o título original da propriedade com a pitoresca e equívoca denominação de "Casa de Usher", nome que parecia incluir, na mente dos camponeses que a usavam, tanto a família quanto a mansão.

Disse que o único efeito da minha experiência um tanto infantil, a de olhar através do lago, foi aprofundar a primeira impressão singular. Não pode haver dúvida de que a consciência do rápido aumento da minha superstição (por que não devo chamá-la assim?) servia apenas para aumentá-la ainda mais. Tal, eu sei há muito tempo, é a lei paradoxal de todos os sentimentos que têm o terror como base. E pode ter sido só por essa razão que, quando voltei a erguer os olhos para a casa, a partir de sua imagem no lago, crescia em minha mente uma estranha fantasia, uma fantasia tão ridícula que, na verdade, só a menciono para mostrar a força vívida das sensações que me oprimiam. Minha imaginação estava tão excitada a ponto de realmente acreditar que toda a mansão e o terreno ao redor estavam presos dentro de uma atmosfera peculiar própria, uma atmosfera que não tinha afinidade com o ar do céu, mas que subia das árvores murchas, das paredes cinzentas e do lago silencioso – um vapor pestilento e místico, opaco, pesado, pouco discernível, de cor de chumbo.

Sacudindo do meu espírito o que *devia* ser um sonho, verifiquei mais de perto o aspecto real do edifício. Sua principal característica parecia ser a excessiva antiguidade. A descoloração do tempo era grande. Minúsculos fungos espalhavam-se por todo o exterior, pendurados em um emaranhado de redes nas beiradas. No entanto, não havia nenhuma dilapidação extraordinária. Nenhuma parte da alvenaria havia caído e parecia haver uma inconsistência estranha entre a perfeita adaptação das partes e a condição de desintegração das pedras individuais. Havia muita coisa que me lembrava a aparente integridade de velhos trabalhos de madeira que tinham apodrecido por longos anos em alguma cripta negligenciada, sem serem perturbados pelo ar exterior. Além dessa indicação de extensa decadência, no entanto, a estrutura dava pouco sinal de instabilidade. Talvez o olhar atento de um observador pudesse ter descoberto uma fissura quase imperceptível que, estendendo-se do telhado do prédio até a frente, descia pela parede em zigue-zague, até se perder nas águas sombrias do lago.

A QUEDA DA CASA DE USHER

Percebendo essas coisas, cruzei uma pequena calçada até a casa. Um servo que me esperava pegou meu cavalo e cruzei a arcada gótica do salão. Um criado, de passo furtivo, conduziu-me, em silêncio, por muitas passagens escuras e intrincadas até o estúdio de seu mestre. Muito do que encontrei no caminho contribuía, não sei como, para acentuar os sentimentos vagos que já contei. Apesar de os objetos à minha volta, as esculturas nos tetos, as tapeçarias sombrias nas paredes, a escuridão de ébano dos pisos e os troféus heráldicos fantasmagóricos que rangiam ao meu passo não passarem de coisas às quais eu estava acostumado desde a infância, embora não hesitasse em reconhecer como tudo aquilo era familiar, ainda me perguntava se não eram estranhas as fantasias que as imagens comuns estavam provocando em mim. Em uma das escadas, conheci o médico da família. Seu semblante, pensei, tinha uma expressão que era uma mistura de vil astúcia e perplexidade. Ele me cumprimentou com receio e continuou seu caminho. O criado agora abriu uma porta e me conduziu à presença de seu mestre.

A sala em que me encontrei era muito grande e alta. As janelas eram compridas, estreitas e pontiagudas, e tão

afastadas do chão de carvalho negro que eram completamente inacessíveis por dentro. Brilhos fracos de luz avermelhada atravessavam os vidros gradeados e serviam para tornar bastante distintos os objetos mais proeminentes ao redor. O olho, no entanto, lutava em vão para alcançar os ângulos mais remotos do aposento, ou os recessos do teto abobadado e desgastado. Cortinas escuras pendiam das paredes. O mobiliário geral era profuso, desconfortável, antigo e esfarrapado. Muitos livros e instrumentos musicais estavam espalhados, mas não davam vitalidade à cena. Senti que respirava uma atmosfera de tristeza. Um ar de melancolia severa, profunda e irrepreensível pairava no ar e impregnava tudo.

À minha entrada, Usher levantou-se de um sofá no qual estivera deitado e me cumprimentou com uma calorosa vivacidade que tinha muito, pensei no começo, de cordialidade exagerada, do esforço obrigado do homem do mundo *ennuyé*[2]. Uma olhada, no entanto, para seu semblante me convenceu de sua perfeita sinceridade. Nós nos sentamos e, por alguns momentos, enquanto não falou, eu o observei

---
[2] Entediado. (N.T.)

com um sentimento meio de pena, meio de espanto. Certamente, nenhum homem tinha mudado tão terrivelmente, em tão pouco tempo, quanto Roderick Usher! Foi com dificuldade que pude admitir a identidade do homem à minha frente como o companheiro de minha primeira infância. No entanto, o caráter de seu rosto sempre foi notável. Uma aparência cadavérica; os olhos grandes, claros e incomparavelmente luminosos. Lábios ligeiramente finos e muito pálidos, mas de uma curva extraordinariamente bela, um nariz de um delicado tipo hebraico, mas com uma largura de narina incomum em formações semelhantes. Um queixo finamente moldado, revelador, em sua falta de proeminência, de uma falta de energia moral, cabelos de maciez e tenacidade parecidas com a de uma teia de aranha. Esses traços, com um desenvolvimento excessivo da região frontal, constituíam um semblante que não poderia ser facilmente esquecido. E agora, no mero exagero do caráter predominante desses traços e da sua expressão habitual, tinham mudado tanto que duvidei com quem estava falando. A agora horripilante palidez da pele e o milagroso brilho dos olhos, acima de tudo, me assustaram e até me assombraram. O cabelo sedoso também tinha crescido de forma desatenta, e como, em sua textura transparente desordenada, flutuava em vez de cair sobre o rosto, eu não conseguia, nem mesmo com esforço, conectar sua expressão desgrenhada com qualquer ideia de humanidade simples.

Nas maneiras do meu amigo, fui imediatamente surpreendido por uma incoerência, uma inconsistência, e logo descobri que isso surgia de uma série de esforços fracos e fúteis para superar um aturdimento habitual, uma agitação nervosa excessiva. Para algo dessa natureza, eu estava preparado, não tanto por sua carta, quanto pelas reminiscências de certos traços de menino e por conclusões deduzidas de sua peculiar conformação física e temperamento. Sua ação era alternadamente vivaz e sombria. Sua voz variava rapidamente de uma indecisão trêmula (quando os espíritos animais pareciam totalmente suspensos) a uma espécie de concisão energética, aquela enunciação abrupta, pesada, sem pressa e com o som oco da fala gutural pesada, equilibrada e perfeitamente modulada que pode ser observada no bêbado perdido, ou no fumador irrecuperável de ópio, durante os períodos de sua mais intensa excitação.

Foi assim que ele falou sobre o objetivo da minha visita, de seu sincero desejo de me ver e do consolo que esperava

que eu traria. Contou, um pouco mais, sobre o que achava que era a natureza de sua doença. Era, disse ele, um mal de sua constituição e de família, e estava desesperado para encontrar um remédio, uma simples afecção nervosa, acrescentou imediatamente, que sem dúvida logo passaria. A doença se apresentava como uma série de sensações não naturais. Algumas, quando ele as detalhou, me interessaram e me desconcertaram, embora, talvez, os termos e a maneira geral da narrativa tivessem seu peso. Sofria muito com uma agudeza mórbida dos sentidos, só conseguia engolir a comida mais insípida, só podia usar roupas de certa textura, os perfumes de todas as flores eram opressivos, seus olhos eram torturados até mesmo por uma luz fraca, e havia apenas sons peculiares, dos instrumentos de corda, que não lhe inspiravam horror.

Descobri que era um escravo preso a uma espécie estranha de terror. "Vou perecer", disse ele, "devo perecer nesta loucura deplorável. Desse modo e não de outro, vou conhecer minha ruína. Temo os eventos do futuro, não em si mesmos, mas em seus resultados. Estremeço ao pensar em qualquer incidente, mesmo o mais trivial, que possa influenciar essa intolerável agitação da alma. Não tenho, de fato, nenhuma aversão ao perigo, exceto em seu efeito absoluto: o terror. Nessa condição irritante – lastimável –, sinto que mais cedo ou mais tarde chegará o momento em que terei de abandonar a vida e a razão ao mesmo tempo, em alguma luta com o terrível fantasma, o MEDO".

Fiquei conhecendo, além disso, em intervalos, e através de dicas quebradas e ambíguas, outra característica singular de sua condição mental. Estava acorrentado a certas impressões supersticiosas em relação à casa em que morava e por isso, por muitos anos, nunca se aventurou a sair. Influências cuja força hipotética descreveu em termos muito obscuros aqui para serem repetidos. Uma influência que algumas peculiaridades da simples forma e substância de sua mansão familiar tiveram, através de um longo sofrimento, ele disse, sobre seu espírito. Um efeito que a constituição das paredes e torreões cinzentos, e do lago escuro que refletia tudo isso, tinha, finalmente, trazido sobre a *morale* de sua existência.

Ele admitia, no entanto, embora com hesitação, que grande parte da melancolia peculiar que assim o afligia poderia ser atribuída a uma origem mais natural e muito mais palpável: à grave e prolongada doença, de fato à certeza de que a morte se aproximava, de uma irmã muito amada (sua

única companhia por longos anos, seu último e único parente na terra). A morte dela, contou ele, com uma amargura que nunca esquecerei, iria deixá-lo (ele, o desesperançado e frágil) como o último representante da antiga estirpe dos Ushers. Enquanto falava, *lady* Madeline (pois assim ela se chamava) passou devagar por uma parte remota do aposento e, sem ter notado minha presença, desapareceu. Eu a observei com um total assombro, não desprovido de pavor, e ainda assim achei impossível explicar tais sentimentos. Uma sensação de estupor me oprimia, enquanto meus olhos seguiam seus passos quando se retirava. Quando uma porta, por fim, se fechou atrás dela, meu olhar procurou instintiva e ansiosamente o semblante do irmão, mas ele havia enterrado o rosto entre as mãos, e só pude perceber que em seus dedos esqueléticos, por onde escorriam lágrimas apaixonadas, havia uma palidez incomum.

A doença de *lady* Madeline há muito desconcertava a habilidade de seus médicos. Uma apatia estabelecida, um desgaste gradual da pessoa e afecções frequentes, embora transitórias, de um caráter parcialmente cataléptico, eram o diagnóstico incomum. Até então, ela aguentava a pressão de sua doença e não tinha chegado finalmente a ficar de cama, mas, no final da noite da minha chegada à casa, ela sucumbiu (como seu irmão me disse à noite com agitação inexprimível) ao poder debilitante da doença. E fiquei sabendo que o vislumbre que tive de sua pessoa provavelmente seria o último, que *lady* Madeline, pelo menos enquanto estivesse viva, não seria mais vista por mim.

Durante os vários dias seguintes, seu nome não foi mencionado nem por Usher nem por mim, e durante esse período estive ocupado em esforços sinceros para aliviar a melancolia de meu amigo. Pintávamos e líamos juntos, ou eu escutava, como num sonho, as improvisações estranhas de seu violão. E assim, à medida que uma intimidade cada vez maior me permitia entrar sem reservas nos recônditos de seu espírito, mais amargamente percebia a inutilidade de toda tentativa de alegrar uma mente cuja escuridão, como se constituísse uma qualidade positiva inerente, dominava todos os objetos do universo moral e físico em uma radiação incessante de melancolia.

Sempre levarei comigo a lembrança das muitas horas solenes que passei sozinho com o mestre da Casa de Usher. No entanto, eu iria falhar em qualquer tentativa de transmitir uma ideia do caráter exato dos estudos, ou das ocupações, nas quais ele me envolvia, ou me guiava. Um idealismo excitado e altamente destemperado lançava um brilho sulfuroso sobre tudo. Suas longas canções fúnebres improvisadas soarão eternamente em meus ouvidos. Entre outras coisas, mantenho dolorosamente na memória certa perversão e amplificação singular do ar exaltado da última valsa de Von Weber. Das pinturas que brotavam de sua elaborada fantasia, e que ganhavam, a cada pincelada, uma obscuridade diante da qual eu estremecia, ainda mais porque estremecia sem saber o motivo, dessas pinturas (vívidas como as imagens que estão agora diante de mim) eu em vão tentaria extrair mais do que uma pequena porção compreendida dentro dos limites das meras palavras escritas. Pela simplicidade absoluta, pela nudez de seus desenhos, ele atraía e prendia a atenção. Se alguma vez um mortal pintou uma ideia, esse mortal foi Roderick Usher. Pelo menos para mim, nas circunstâncias que me rodeavam naquele momento, elas surgiam a partir das puras abstrações que o hipocondríaco planejava lançar sobre sua tela, uma intensidade intolerável de espanto, cuja sombra nunca tinha sentido nem na contemplação das fantasias, certamente brilhantes, apesar de muito concretas, de Fuseli.

Uma das concepções fantasmagóricas do meu amigo, partilhando não tão rigidamente o espírito da abstração, pode ser descrita, embora com dificuldades, em palavras. Um pequeno quadro apresentava o interior de uma cripta ou túnel imensamente longo e retangular, com paredes baixas, lisas, brancas e sem interrupção ou adorno. Certos pontos acessórios do desenho serviram bem para transmitir a ideia de que essa escavação estava em uma profundidade muito abaixo da superfície da Terra. Não era possível observar nenhuma saída em qualquer parte de sua vasta extensão, e nenhuma tocha ou outra fonte artificial de luz era discernível; no entanto, vários raios intensos se espalhavam e banhavam tudo em um esplendor fantasmagórico e incoerente.

Já falei dessa condição mórbida do nervo auditivo que tornava toda música intolerável ao enfermo, com exceção de certos efeitos dos instrumentos de cordas. Foi, talvez, o estreito limite a que ele assim se confinou ao violão que deu origem, em grande parte, ao caráter fantástico de suas obras. Mas a facilidade fervorosa de seus improvisos não podia ser explicada. Deviam ser, e eram, tanto as notas como as palavras de suas fantasias estranhas (pois ele não raramente se acompanhava de improvisações verbais rimadas), o resultado daquela intensa calma mental e concentração a que anteriormente aludi como sendo observável apenas em momentos particulares da mais alta excitação artificial. Eu me lembro facilmente das palavras de uma dessas rapsódias. Fiquei, talvez, mais impressionado quando ele a apresentou, porque, na base ou correnteza subterrânea mística do seu significado, imaginei que percebia, pela primeira vez, uma plena consciência por parte de Usher, do vacilar de sua elevada razão sobre seu trono. Os versos, intitulados "O Palácio Assombrado", eram mais ou menos, se não forem precisos, assim:

I.
No mais verde dos nossos vales,
Onde bons anjos habitam,
Erguia-se um palácio
Nobre e majestoso.
Domínio do rei Pensamento
Ali ele ficava!
Nunca um serafim bateu suas asas
Sobre uma construção tão justa.

Edgar Allan Poe

II.

Bandeiras amarelas, gloriosas, douradas,
Em seu telhado tremulavam
(Tudo isso aconteceu no passado
Há muito tempo)
E todo vento que brincava,
Naqueles doces dias,
Ao longo das muralhas
Um odor alado espalhava.

III.

Andarilhos naquele vale feliz
Através de duas janelas luminosas viam
Espíritos dançando
Ao ritmo bem afinado de um alaúde,
Em volta de um trono, onde sentado
(Porfirogênito!)
Envolto em uma glória merecida,
O soberano do reino era visto.

A QUEDA DA CASA DE USHER

IV.
E brilhava com pérolas e rubis
A porta do palácio
Através da qual fluía um rio
Sempre cintilante,
Os Ecos cujo doce dever
Era apenas cantar
Em vozes de beleza suprema,
A sagacidade e sabedoria do rei.

V.
Mas criaturas malignas, vestidas de tristeza,
Assaltaram os domínios do monarca
(Ah, dor e luto, pois nunca mais
Amanhecerá sobre ele, desolado!)
E, ao redor do palácio, a glória
Que brilhava e florescia
É apenas uma história esquecida
De velhos tempos sepultados.

VI.

E os viajantes dentro daquele vale,
Pelas janelas com luz vermelha, veem
Vastas formas que se movem fantasticamente
Sob uma melodia dissonante
Enquanto, como um rápido rio medonho,
Através da porta pálida,
Uma multidão medonha que foge para sempre
E ri, mas o sorriso morreu.

Lembro bem que sugestões vindas dessa balada nos levavam a uma linha de pensamento na qual ficava manifesta uma opinião de Usher, que não menciono tanto por causa de sua novidade (pois outros homens[3] também pensaram isso), mas para explicar a obstinação com que a defendia. Essa opinião, em sua forma geral, era a da sensibilidade de todas as coisas inorgânicas. Mas, em sua fantasia perturbada, a ideia assumiu um caráter mais ousado e ultrapassou, sob certas condições, o reino do inorgânico. Não tenho palavras para expressar toda a extensão ou o *abandono* sincero

---

[3] Watson, Dr. Percival, Spallanzani e especialmente o Bispo de Landaff. Ver "Ensaios Químicos", v. v.

de sua persuasão. A crença, no entanto, estava conectada (como já sugeri) com as pedras cinzentas da casa de seus antepassados. As condições da sensibilidade tinham estado aqui, ele imaginou, satisfeitas no método de colocação dessas pedras, na ordem de seu arranjo, assim como na dos muitos *fungos* que se espalharam por elas, e das árvores murchas que estavam ao redor, acima de tudo, na longa e imperturbável persistência desse arranjo e em sua duplicação nas águas paradas do lago. Essa evidência, a da sensibilidade, podia ser vista, ele disse (e começo aqui a contar o que ele dizia), na gradual, mas certa, condensação de uma atmosfera própria sobre as águas e as paredes. O resultado foi descoberto, ele acrescentou, naquela silenciosa, ainda que importuna e terrível, influência que durante séculos moldou os destinos de sua família, e que fez *dele* o que eu agora estava vendo: o que ele era. Tais opiniões não precisam de comentários, e eu não farei nenhum.

Nossos livros, aqueles que, durante anos, tinham formado uma porção nada pequena da existência intelectual do inválido, estavam, como se poderia supor, em estrita conformidade com esse caráter espectral. Nós nos debruçamos juntos sobre obras como *Ververt et Chartreuse* de Gresset,

A QUEDA DA CASA DE USHER

Belfagor de Maquiavel, *O Céu e o Inferno* de Swedenborg, a *Viagem Subterrânea de Nicholas Klimm* de Holberg, a *Quiromancia* de Robert Flud, de Jean D'Indaginé e De la Chambre, a *Jornada na Distância Azul* de Tieck e a *Cidade do Sol* de Campanella. Um dos volumes favoritos era uma pequena edição in-oitavo do *Directorium Inquisitorium* do dominicano Eymeric de Gironne e havia passagens em Pomponius Mela sobre os antigos sátiros africanos e os egipãs, sobre os quais Usher ficava sonhando por horas. Seu principal deleite, no entanto, estava na leitura de um livro extremamente raro e curioso em formato gótico: o manual de uma igreja esquecida, o *Vigiliae Mortuorum secundum Chorum Ecclesiae Maguntinae*.

Não podia deixar de pensar no estranho ritual dessa obra e de sua provável influência sobre o hipocondríaco quando, uma noite, tendo-me informado abruptamente de que *lady* Madeline não estava mais entre nós, ele declarou sua intenção de preservar seu cadáver por uma quinzena (antes de seu enterro final), em uma das numerosas criptas dentro das paredes principais do edifício. A razão mundana, no entanto, atribuída a esse procedimento singular, era algo que não me sentia à vontade para questionar. O irmão

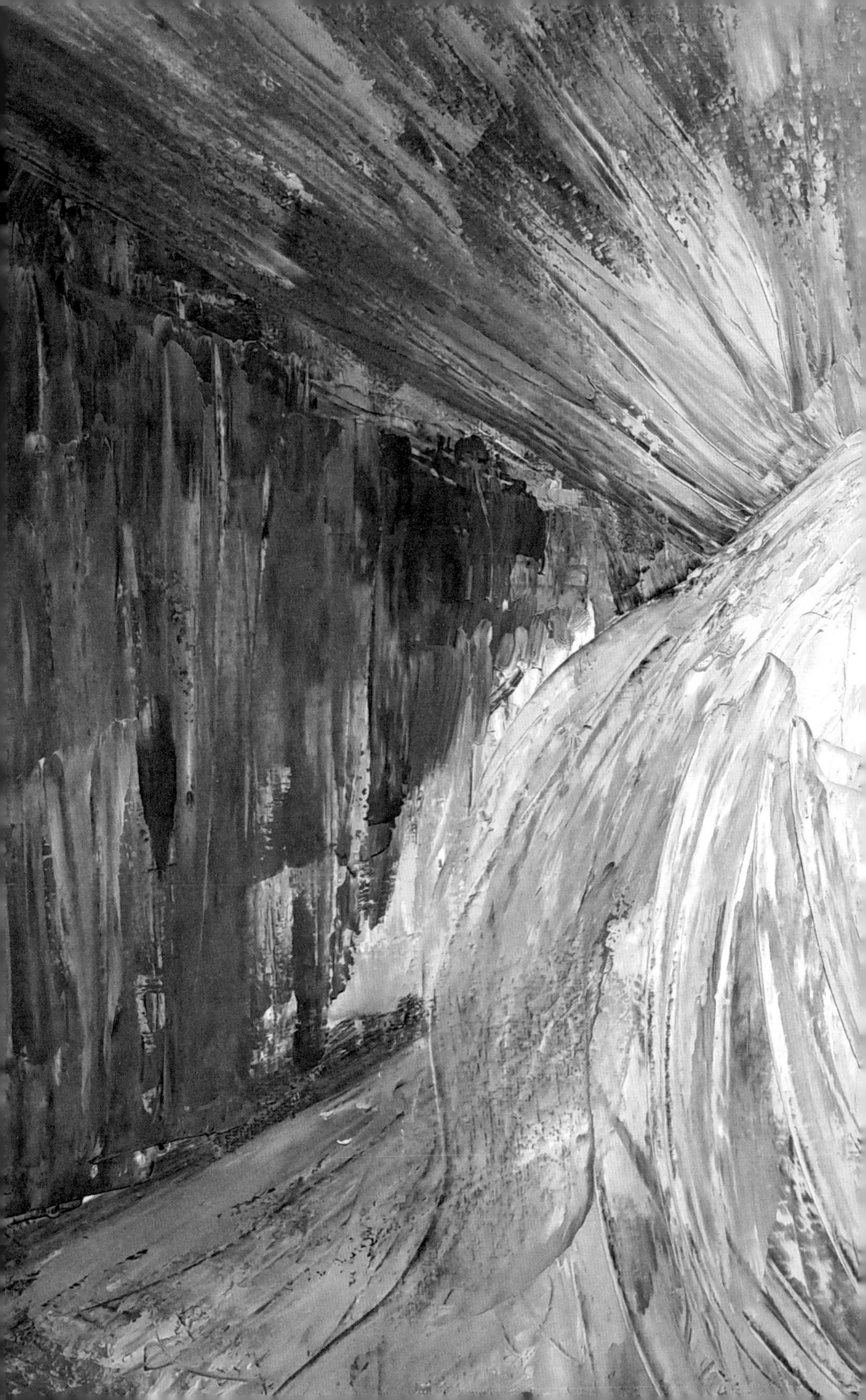

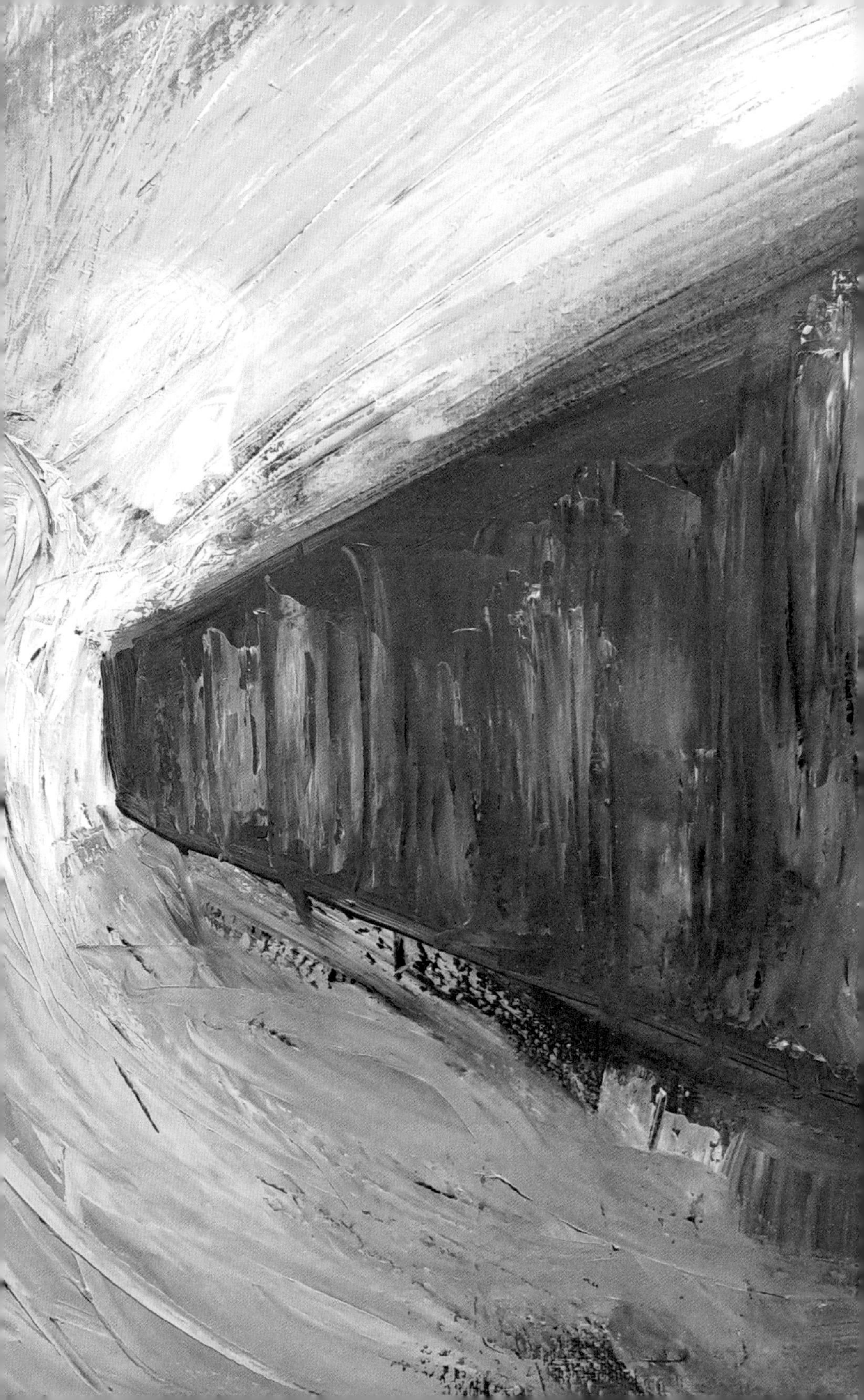

foi levado a essa resolução (assim ele me contou) pela consideração do caráter incomum da doença da falecida, de certas investigações indiscretas e ávidas por parte de seus médicos, e da situação remota e exposta do cemitério da família. Não negarei que, quando me lembrei do semblante sinistro da pessoa que encontrei na escadaria, no dia da minha chegada, não desejava me opor ao que considerava, na melhor das hipóteses, inofensivo e de nenhuma maneira uma precaução estranha.

A pedido de Usher, eu pessoalmente o auxiliei nos arranjos para o sepultamento temporário. Tendo colocado o corpo no caixão, só nós dois o levamos a seu descanso. A cripta em que o colocamos (e que estava fechada há tanto tempo que nossas tochas, meio sufocadas em sua atmosfera opressiva, davam poucas oportunidades de investigação) era pequena, úmida e inteiramente fechada para a entrada de luz. Encontrava-se a grande profundidade, exatamente embaixo da parte do edifício em que estava meu dormitório. Tinha sido usada, aparentemente, em remotos tempos feudais, para os piores propósitos de masmorra e, em dias posteriores, como um local de depósito de pólvora, ou alguma outra substância altamente inflamável, pois parte de seu piso, e todo o interior de um longo corredor através do qual entramos, estava cuidadosamente revestido de cobre. A porta, de ferro maciço, também tinha sido protegida de maneira semelhante. Seu imenso peso causava um som desagradável e agudo ao girar sobre suas dobradiças.

Tendo depositado nosso triste fardo sobre um cavalete dentro desse espaço de horror, retiramos parcialmente a tampa do caixão que estava desatarraxada e olhamos para o rosto da morta. Uma impressionante semelhança entre o irmão e a irmã chamou minha atenção, e Usher, adivinhando, talvez, meus pensamentos, murmurou algumas poucas palavras e fiquei sabendo que a falecida e ele eram gêmeos, e que simpatias de uma natureza pouco compreensível sempre tinham existido entre eles. Nossos olhares, no entanto, não descansaram por muito tempo sobre a morta, pois não podíamos olhar para ela sem assombro. A doença que tinha matado *lady* Madeline no auge da juventude deixara, como de costume em todos os males de caráter estritamente cataléptico, a caricatura de um leve rubor no peito e no rosto e aquele sorriso suspeito e persistente nos lábios que é tão terrível na morte. Recolocamos e parafusamos a tampa e, tendo fechado a porta de ferro, voltamos, com dificuldade, para os dormitórios pouco menos sombrios da parte superior da casa.

E agora, depois de alguns dias de tristeza amarga, era possível observar uma mudança nas características da desordem mental do meu amigo. Seus modos habituais tinham desaparecido. Suas ocupações comuns eram negligenciadas ou esquecidas. Ele vagava de um aposento a outro com passos apressados, desiguais e sem objetivo. A palidez de seu semblante assumira, se isso era possível, uma tonalidade ainda mais espectral, e a luminosidade de seus olhos havia desaparecido por completo. Não se ouvia mais a rouquidão outrora ocasional de seu tom. Agora um gaguejar trêmulo, como se estivesse sentindo muito terror, caracterizava habitualmente sua fala. Houve momentos, na verdade, em que achei que sua mente incessantemente agitada estava lidando com algum segredo opressivo, e ele lutava para conseguir a coragem necessária para revelá-lo. Às vezes, era obrigado a atribuir tudo isso aos inexplicáveis caprichos da loucura, pois eu o observava olhando para o nada por longas horas, numa atitude de profunda atenção, como se estivesse ouvindo algum som imaginário. Não era de admirar que sua condição me aterrorizasse, que me contagiasse. Sentia que

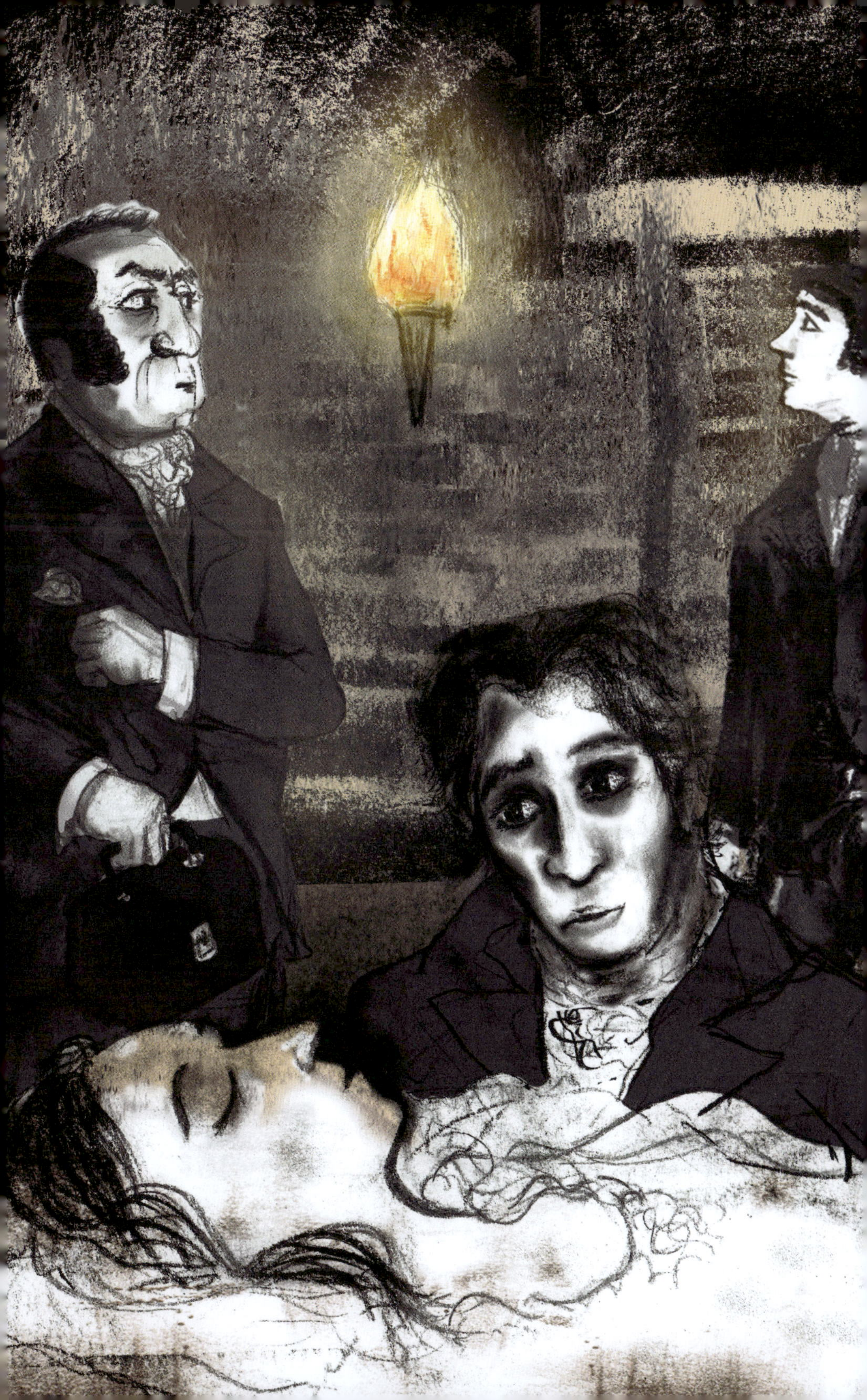

rastejavam sobre mim, de forma lenta, mas certa, as estranhas influências de suas próprias superstições fantásticas e contagiosas.

Foi, sobretudo, ao me recolher à cama no final da noite do sétimo ou oitavo dia após termos colocado *lady* Madeline dentro da masmorra que experimentei o pleno poder de tais sensações. O sono não chegou perto da minha cama, e as horas passavam lentamente. Lutei para afastar o nervosismo que tinha me dominado. Eu me esforçava para acreditar que muito, se não tudo que sentia era devido à influência desconcertante da sombria mobília do quarto: das cortinas escuras e esfarrapadas que, forçadas ao movimento pelo sopro de uma tempestade crescente, se deslocavam de um lado para o outro das paredes e farfalhavam desagradavelmente ao redor das decorações da cama. Mas meus esforços foram infrutíferos. Um tremor irreprimível impregnou gradualmente meu corpo e, por fim, havia no meu coração um íncubo de alarme sem nenhuma causa. Tentando sacudir essa sensação com suspiros e lutas, ergui o corpo, me apoiei nos travesseiros e, olhando diretamente para a escuridão intensa do quarto, ouvi (não sei por quê, exceto que um instinto me levou a isso) certos sons baixos e indefinidos que vinham, através das pausas da tempestade, em longos intervalos, não sabia de onde. Tomado por um sentimento intenso de horror, inexplicável e insuportável, vesti minhas roupas com pressa (pois sabia que não ia mais dormir essa noite) e me esforcei para sair da condição lastimável em que havia caído caminhando rapidamente de um lado para o outro dentro do quarto.

Tinha dado apenas algumas voltas dessa maneira quando uns passos leves em uma escada adjacente chamaram minha atenção. Tinha reconhecido que era Usher. Um instante depois, ele bateu suavemente à minha porta e entrou, carregando uma vela. Seu semblante era, como de hábito, cadavérico, mas, além disso, havia uma espécie de hilária loucura em seus olhos, uma histeria evidentemente contida em todo o seu comportamento. Seu jeito me assustava, mas qualquer coisa era preferível à solidão que eu tinha aguentado por tanto tempo, e até acolhia sua presença como um alívio.

– E você não viu? – ele perguntou abruptamente, depois de ter olhado ao redor por alguns momentos em silêncio. – Você ainda não viu? Pois espere! Vai ver.

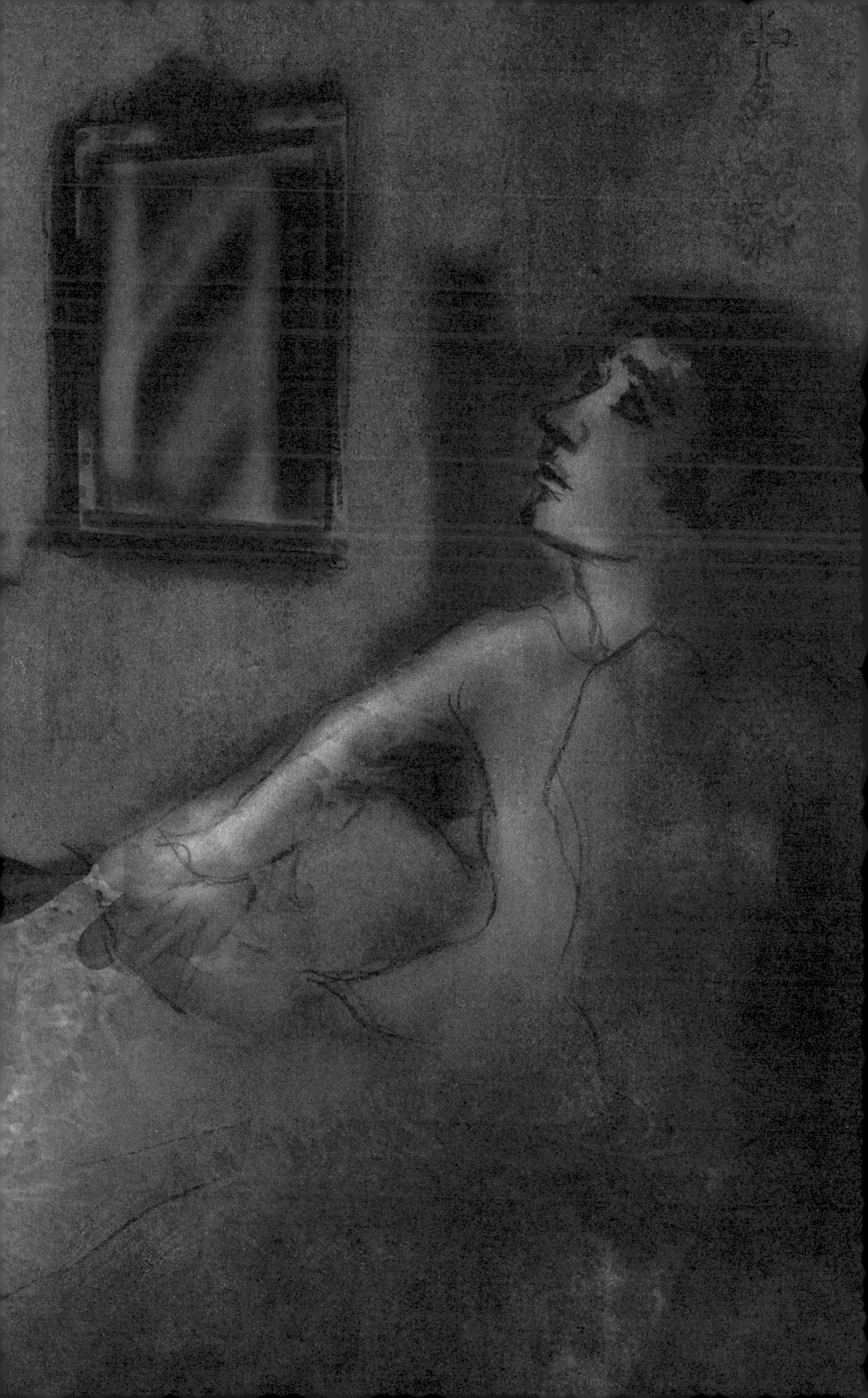

Assim falando e tendo cuidadosamente protegido sua vela, correu para uma das janelas e a abriu, deixando a tempestade entrar livremente.

A fúria impetuosa da rajada que entrou quase nos derrubou. Era, de fato, uma noite tempestuosa, mas severamente bela, e singular em seu terror e beleza. Um redemoinho aparentemente tinha ganhado força em nossa vizinhança, pois havia frequentes e violentas alterações na direção do vento, e a densidade excessiva das nuvens (que estavam tão baixas a ponto de tocar os torreões da casa) não impedia que percebêssemos a grande velocidade com a qual elas voavam de todos os pontos, umas contra as outras, sem se afastarem. Disse que mesmo a densidade extraordinária delas não impedia que percebêssemos isso, contudo não tínhamos nenhum vislumbre da lua ou das estrelas, nem havia relâmpagos. Mas as superfícies inferiores das imensas massas de vapor agitado, bem como todos os objetos terrestres imediatamente à nossa volta, estavam brilhando sob a luz sobrenatural de uma exalação gasosa levemente luminosa e nitidamente visível, que pairava sobre a mansão e a envolvia.

– Você não deve, você não deve ver isso! – falei, estremecendo, para Usher, enquanto o conduzia, com uma suave violência, da janela para uma poltrona. – Esses espetáculos, que nos deixam perplexos, são apenas fenômenos elétricos pouco incomuns ou pode ser que tenham sua origem espectral no miasma do lago. Vamos fechar essa janela; o ar está frio e perigoso para sua saúde. Aqui está um dos seus romances favoritos. Vou ler, e você vai me ouvir, assim vamos passar esta noite terrível juntos.

O volume antigo que eu tinha pegado era o *Mad Trist*, de *sir* Launcelot Canning. Eu o chamei de favorito do Usher mais como um gracejo triste do que sincero, pois, na verdade, há pouco em sua prolixidade grosseira e sem imaginação que poderia ter interessado o idealismo elevado e espiritual de meu amigo. Era, no entanto, o único livro imediatamente à mão, e me permiti uma vaga esperança de que a excitação que agora agitava o hipocondríaco pudesse encontrar alívio (pois a história da desordem mental está cheia de anomalias semelhantes) mesmo no exagero de insensatez do que ia ler. A julgar pelo ar exagerado de vivacidade com que ele ouvia, ou parecia ouvir, as palavras da história, eu poderia muito bem ter-me parabenizado pelo sucesso da minha tentativa.

Eu havia chegado àquela parte bem conhecida da história em que Ethelred, o herói de *Trist*, tendo procurado em

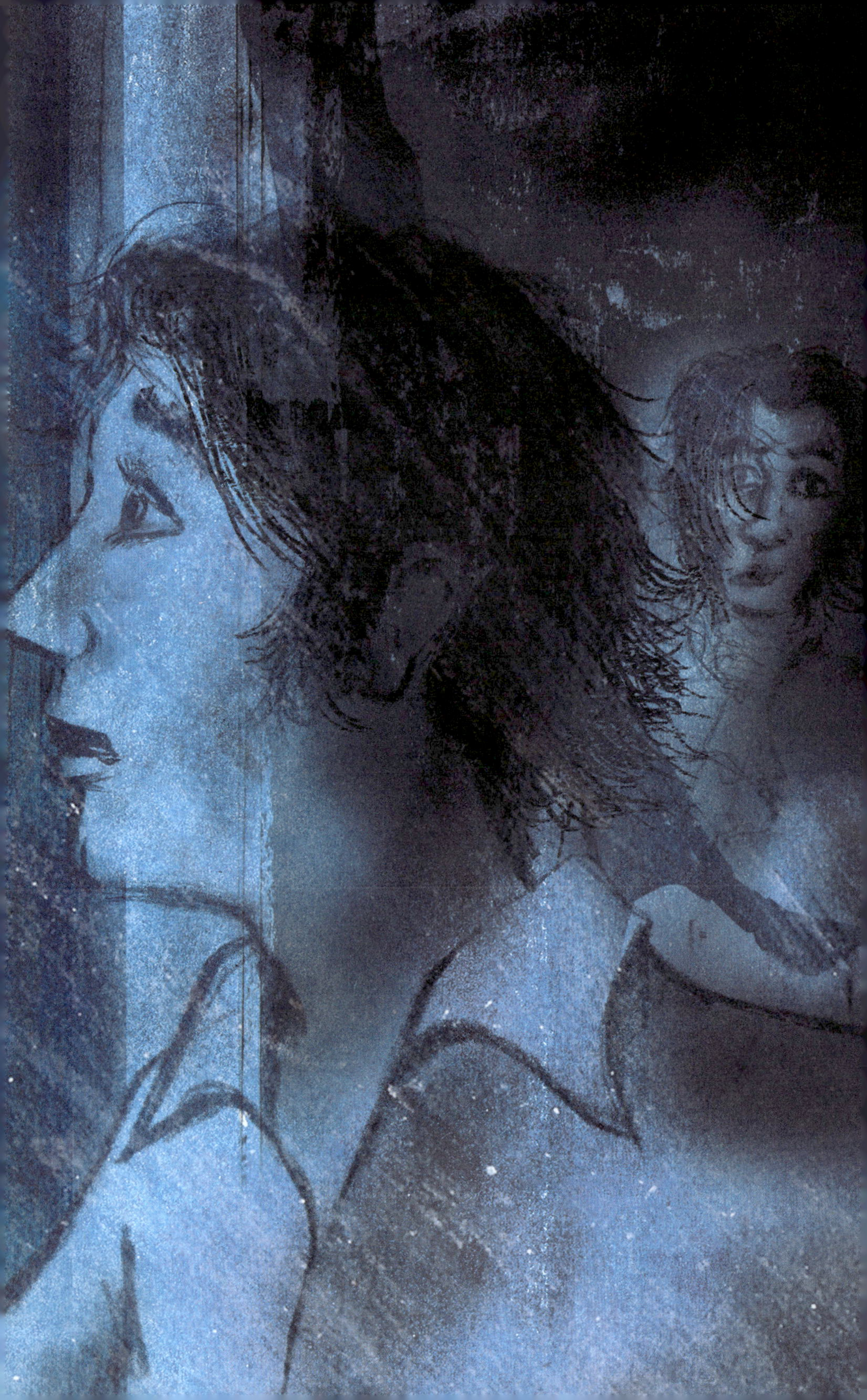

vão entrar de forma pacífica na morada do eremita, entra pela força. Aqui, todos lembrarão, as palavras da narrativa correm assim:

E Ethelred, que era por natureza valente de coração, e que agora era muito poderoso por causa da potência do vinho que havia bebido, não esperou mais para negociar com o eremita, que, na verdade, era obstinado e malicioso, mas, sentindo a chuva em seus ombros e temendo o aumento da tempestade, ergueu sua maça sem rodeios e, com golpes, abriu rapidamente as tábuas da porta para que coubesse sua mão e agora, puxando com firmeza, rachou, quebrou e destruiu tudo em pedaços, tanto que o barulho da madeira seca e oca alarmou e reverberou por toda a floresta.

No término dessa frase, levei um susto e, por um momento, parei, pois (embora eu tenha concluído que a minha fantasia excitada tinha me enganado) pareceu-me que, de alguma parte muito remota da mansão, tinha chegado, indistintamente, aos meus ouvidos, o que poderia ter sido, em uma natureza muito semelhante, o eco (com certeza, abafado e enfadonho) do som estridente e rasgado que *sir* Launcelot descrevera tão enfaticamente. Foi, sem dúvida, apenas a coincidência que chamou minha atenção, pois, em meio ao barulho das janelas e aos ruídos comuns misturados da tempestade ainda crescente, o som, por si só, não tinha nada, com certeza, que pudesse me interessar ou perturbar. Continuei com a história:

> *Mas o bom herói Ethelred, agora entrando pela porta, ficou furioso e espantado ao não ver nenhum sinal do malévolo eremita. No seu lugar havia um dragão escamoso e prodigioso, com uma língua de fogo, sentado guardando um palácio de ouro, com um piso de prata, e na parede havia um escudo de latão reluzente com essa legenda escrita:*

> Quem entrar aqui, um conquistador deverá ser.
> Quem matar o dragão, o escudo ganhará.

> *E Ethelred ergueu sua maça e golpeou a cabeça do dragão, que caiu diante dele, soltando seu bafo pestilento com um rugido tão horrendo, duro e penetrante que*

A queda da Casa de Usher

Ethelred teve de tapar os ouvidos com a mão por causa do barulho terrível, como nunca tinha ouvido antes.

Mais uma vez parei abruptamente, e agora com uma sensação de violento espanto – pois não poderia haver dúvida alguma de que, dessa vez, eu realmente tinha ouvido (embora de que direção vinha era impossível dizer) um grito ou rangido baixo e aparentemente distante, mas áspero, prolongado e incomum – a contrapartida exata do que minha fantasia tinha atribuído ao grito sobrenatural do dragão, conforme descrito pelo romancista.

Oprimido, como eu certamente estava, com a ocorrência dessa segunda e mais extraordinária coincidência, por mil sensações conflitantes, nas quais espanto e terror extremo eram predominantes, ainda mantive presença de espírito suficiente para evitar instigar, com qualquer observação, a sensibilidade nervosa do meu companheiro. Eu não tinha certeza se ele havia notado os sons em questão, embora, com certeza, uma estranha alteração tenha ocorrido durante os últimos minutos em seu comportamento. De uma posição em frente à minha, havia gradualmente girado sua cadeira para sentar-se com o rosto voltado para a porta do

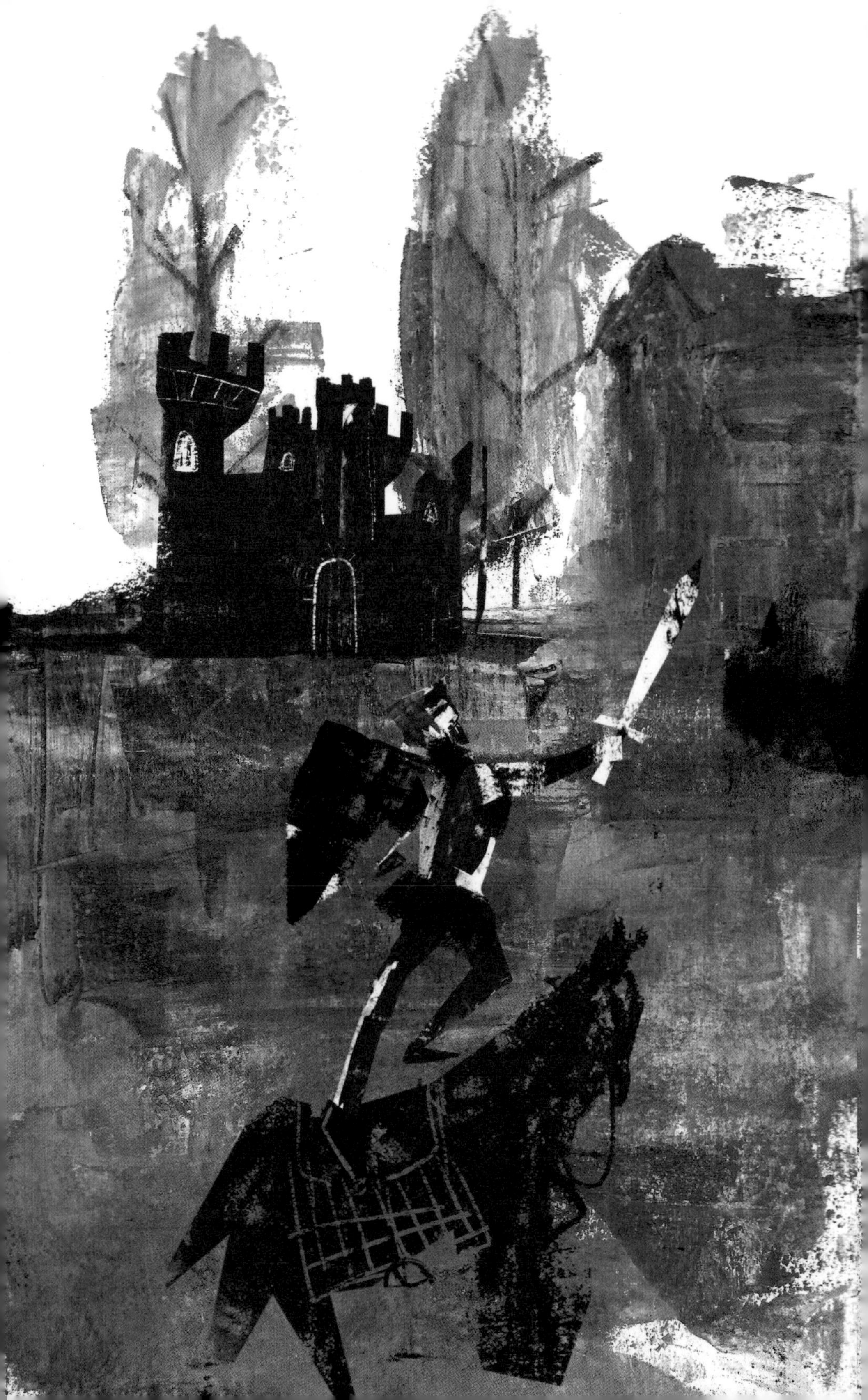

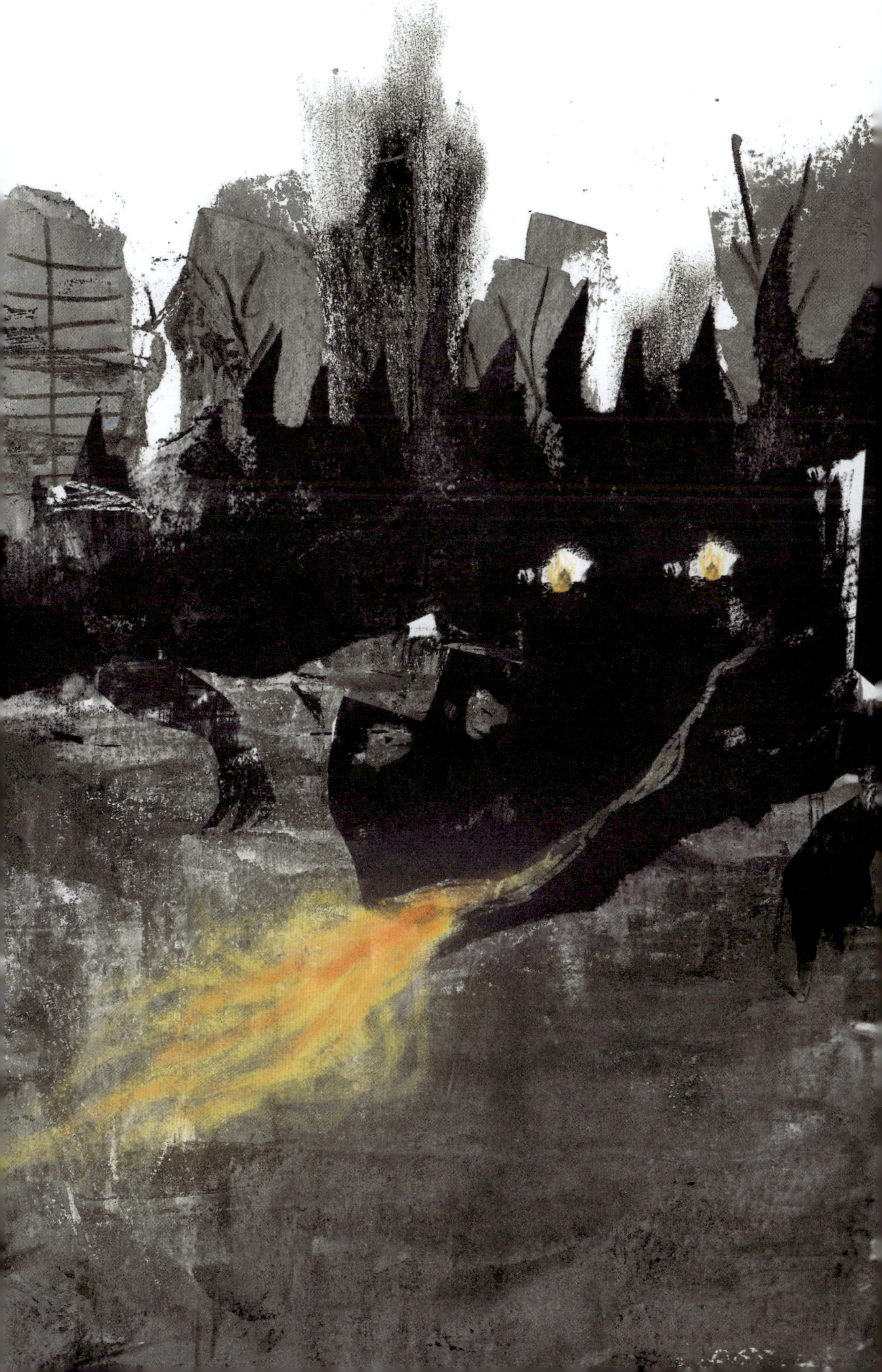

quarto; e assim eu conseguia, apenas parcialmente, ver suas feições, embora percebesse que seus lábios tremiam como se ele estivesse murmurando algo inaudível. Sua cabeça tinha caído sobre o peito, mas eu sabia que ele não estava dormindo, já que seus olhos estavam bem abertos quando olhei de relance. O movimento de seu corpo também estava em desacordo com essa ideia, pois ele ia de um lado para o outro com um balanço suave, porém constante e uniforme. Tendo rapidamente tomado conhecimento de tudo isso, retomei a narrativa de *sir* Launcelot, que assim prosseguia:

E agora, o herói, tendo escapado da terrível fúria do dragão, lembrando-se do escudo de latão e da quebra do encantamento que estava sobre ele, tirou a carcaça do caminho à sua frente e aproximou-se corajosamente sobre o pavimento de prata do castelo até onde estava o escudo na parede que, no entanto, não esperou sua chegada e caiu a seus pés no chão de prata, com um poderoso e terrível ruído.

Assim que essas palavras passaram pelos meus lábios, como se, no momento, um escudo de latão tivesse caído

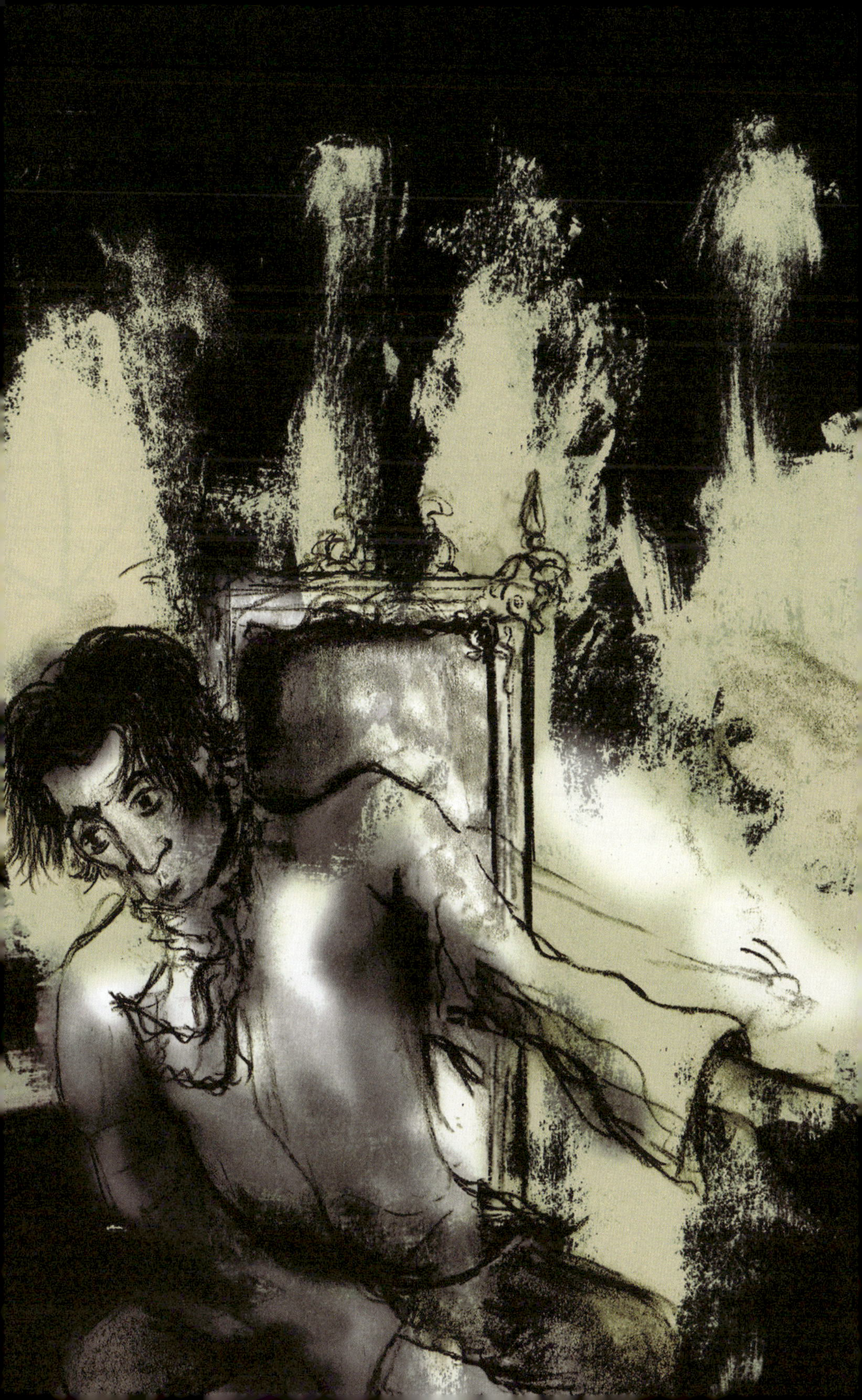

pesadamente sobre um piso de prata, percebi uma reverberação distinta, oca, metálica e estridente, mas aparentemente abafada. Muito nervoso, levantei-me de um salto, mas Usher continuou se balançando da mesma forma. Corri até a cadeira em que ele estava sentado. Seus olhos estavam fixos à sua frente, e, em todo o seu semblante, reinava uma rigidez de pedra. Mas, quando coloquei minha mão em seu ombro, todo o seu corpo estremeceu, e um sorriso doentio se formou em seus lábios. Vi que ele falava em um murmúrio baixo, apressado e ininteligível, como se estivesse inconsciente da minha presença. Curvando-me mais para perto, finalmente compreendi o horrendo significado de suas palavras.

– Não está ouvindo? Sim, eu ouvi e *tenho* ouvido isso. Faz muito, muito tempo, muitos minutos, muitas horas, muitos dias que estou ouvindo, mas não me atrevi. Ah, tenha pena de mim, miserável que sou! Não me atrevi, não me *atrevi* a falar! *Nós a colocamos viva no túmulo!* Não disse que meus sentidos eram apurados? *Agora* eu lhe digo que ouvi seus primeiros movimentos fracos no caixão cavernoso. Eu os ouvi há muitos, muitos dias, mas não ousei, *não me atrevi a falar!* E agora, nesta noite, Ethelred, ha, ha! A destruição

da porta do eremita, o grito de morte do dragão e o barulho do escudo! Na verdade o caixão sendo rasgado e a grade das dobradiças de ferro de sua prisão. Sua luta dentro do arco de cobre da cripta! Para onde devo fugir? Ela não estará aqui em breve? Não virá correndo para me censurar pela minha pressa? Não ouvi seus passos na escada? Não distingo aquela batida pesada e horrível de seu coração? Louco! – Aqui ele se levantou furiosamente e gritou essas palavras, como se no esforço tivesse entregado sua própria alma: – *Louco! Digo que ela agora está do outro lado da porta!*

Como se na energia sobre-humana de sua voz houvesse sido encontrada a potência de um feitiço, a enorme porta para a qual o orador apontava começou lentamente a entreabrir, naquele mesmo instante, suas mandíbulas pesadas e de ébano. Foi obra da rajada de vento, mas do outro lado daquelas portas *estava* parada a figura sublime e amortalhada de *lady* Madeline de Usher. Havia sangue em suas roupas brancas e evidências de uma amarga luta em cada parte de seu corpo descarnado. Por um momento, ela permaneceu tremendo e cambaleando de um lado para o outro; então, com um gemido baixo, caiu pesadamente sobre o corpo de seu irmão e, em sua violenta e agora final agonia mortal, levou-o ao chão já cadáver e vítima dos terrores que ele havia antecipado.

Daquele quarto e daquela mansão fugi horrorizado. A tempestade ainda caía em toda a sua ira quando me vi atravessando a velha entrada. De repente, brilhou no caminho uma luz selvagem, e me virei para ver de onde um brilho tão incomum poderia vir, pois atrás de mim só havia a vasta casa e suas sombras. O esplendor era da lua cheia, poente e avermelhada, que agora brilhava vividamente sobre aquela fissura antes imperceptível que havia citado antes, estendendo-se do telhado do prédio, em zigue-zague, até a base. Enquanto eu olhava, essa fissura rapidamente se alargou, veio o sopro feroz do redemoinho, e todo o globo do satélite revelou-se diante dos meus olhos. Meu espírito vacilou quando vi as poderosas paredes caindo em pedaços. Houve um longo e tumultuoso grito, como a voz de mil águas, e o profundo e fétido lago a meus pés engoliu sombria e silenciosamente os fragmentos da Casa de Usher.